Arts Laurin

Berlin du mieses Stück

Arts Laurin

Berlin du mieses Stück …

Die Wahrheit über grüne Tunix Kommunisten. Woher sie kommen, wer sie wirklich, wohin sie gehen ..

Politischer Rückblick eines 68er Steinewerfers, der dabei war - beim roten Terror unter der Regenbogenfahne

Impressum

Herstellung und Verlag:
BoD – Books on Demand, Norderstedt
ISBN 9783758316357
Inhaltsverzeichnis

„(…….), ich schreibe versaute Geschichten in einem Bus voller Kinder.“

Zwei Deppen im Bus

Vorwort

Die Wahrheit über die grüne 68er Cannabis Sex Partei, woher sie kommen und wer sie wirklich sind zwischen Hippie Kult, Grünbold Wahnsinn der ewig gestrigen Revolutionäre, gepaart mit einem Schuss von Gewalt, Esoterik und bespickt mit Sonnenblumen und Bienchen in ihrer Buntweltblase.
Die Irrationalität einer Drogen initiierten Buntwelt steht konträr den Wahrhaftigkeiten, der Wahrheit und der Normalität von Verstand und Vernunft geprägt. Das nicht Normativ Verhalten – das was die Mehrheit macht - wird als Normalität im Sex- und Drogenrausch verkauft. Es ist ein Angriff auf das Kind in seiner Unversehrtheit, sowohl im psychisch, physisch-sexuellen Bereich und ideologischer Missbrauch von Jugendlichen

Berlin Du mieses Stück …. setzt ein was ihr wollt. Analog zu „Deutschland Du mieses Stück Scheiße“

Für die Grünen ist die Demokratie nur der Zug, auf den die 68er Tunix Gruppensex Kommunisten und Steinewerfer aufsteigen, bis sie am Ziel sind. Die Kindergärten und Schulen sind ihre Kasernen, die Regenbogenfahne sind in sexueller Artenvielfalt Geschlechtsteile die wedeln, der Dildo und Analplug ist ihr Gewehr und der Doggy Stile Aktivist ist ihr Soldat. Jede/r, der/die nicht die Grünen wählt ist ein guter Mensch

Ich Autor und Künstler (Kulturschaffender in Berlin habe ehrenamtlich im Ghetto Wedding gearbeitet) habe nicht den Anspruch politische korrekt einen Maulkorb zu tragen, besonders nicht als Republikflüchtling misshandeltes und missbrauchtes Kind.

Für pädophile grüne Regenbogenfahnenträger, ich wollte mit 5 Jahren keinen alten Penis im Mund haben, die Dinger stinken mit der Bemerkung *„Du willst das doch auch,"* was die Hauptargumentation der grünen Homosexuellen, Bisexuellen Pädophilen ist. Die Praxis vieler linken Soziologen, Psychologen und der geistliche Zweig der Kentler Kleriker. Es geht nur um Macht über das verstaatlichte Kind zu bekommen. Den „Grünen" geht es darum ideologischen und geistigen Durchfall bei sexuell missbrauchten Jugendlichen zu erzeugen.

Mit 15 Jahren lief ich weg und landete, welch Zufall aber auch, beim kommunistischen Bund Westdeutschland, ein Maoist lebte in unserem Dorf in Westdeutschland, tja sie rekrutieren gerne kleine orientierungslose Kinder. Ich wurde kurzfristig Steinewerfer, mich rettete vor diesem Idiotismus lediglich meine Heroinsucht und diverse Knastaufenthalte.

Ich war ein Psychopath mit einer fetten Borderliner Persönlichkeitsstörung, ein egoistischer Soziopath voller Hass, Verachtung, Gewalttätig mit Wahnvorstellungen.

Bei diesen radikalen westdeutschen Kommunisten fand ich ähnlich strukturierte Soziopathen, Psychopathen, Trieb gesteuerte Narzissten und unersättliche Egoisten.

Kurz gesagt Blödmänner, Spinner und gefährliche Esoteriker.

1980 konnte ich in Therapie auf dem Gnadenweg, da das BtMG erst im Sommer Rechtsgültigkeit bekam, wurde meine Strafe im Mai 1980 ausgesetzt. Aber schon vorher wollte ich nicht mehr und lief 1976 zum Gesundheitsamt, helfen konnte mir keiner, keiner in Deutschland wusste etwas mit uns Junkies anzufangen.
Die ersten Drogenberatung standen in den Kinderschuhen. Mit den beiden Soziologen, die mir damals halfen, bin ich heute befreundet, die später eine Drogenberatung am linken Niederrhein leiteten.

Ich arbeitet sogar kurzfristig als Ex-User, gab dies jedoch auf um nicht rückfällig zu werden. Mit Alkohol den ich hasse, mein Stiefvater war Alkoholiker, meine Mutter nahm Pillen, und Pillen die ich ablehne, waren nicht mein Ding. Meine Mutter bekam als ich 17 Jahre war eine Ohrfeige und mein Vater die Tracht Prügel seines Lebens, er landete im Krankenhaus.

Der ganze Wahnsinn kostete mich 10 Jahre meines Lebens ungeachtet der 13 Jahre in denen ich die Hölle auf Erden

in meinem Elternhaus erlebte. In den Jahren ist Gott für mich gestorben und ich habe in beerdigt für immer.
Meine Alleinerziehende Mutter heiratet ein sadistischen Psychopathen und meine Erzeuger ging noch vor meiner Geburt zur Volksarmee und wurde Mauerschütze.

Der einzige der mir Menschlichkeit vermittelte war mein Opa, Kriegsinvalide verlor Frau, Sohn, ein Auge und seine Beine waren schwer geschädigt wurde Kriegsende noch von einer Granate erwischt.
Meine Mutter und Ike lebten bis kurz vor Mauerbau im Stasi Brandmauer Mauerschützen Staat

Ich kenne die deutsche Geschichte aus dem FF. Ich kenne die sozialistische-kommunistische stinkende Scheiße aus einer Latrine der Vergangenheit, z.B. von Blutmai 1929 und wie mörderisch Sozialisten oder Kommunisten wirklich sind, der die Partei hat immer Recht Ideologie und welche Massenmorde Mao mit seinen 5 jährigen Spatzenkriegern im Spatzen Krieg und Stalins „Säuberungen Aktionen" begangen haben. Adolf Hitler steht nicht allein da, was Massenmorde betrifft.

Mein Opa war der Faktor der mich am Leben hielt, er sagte Junge fasse nie eine Waffe an und mit 14 Jahren als ich ihn in den Sommerferien getroffen hatte, er besuchte uns im Westen. Er schickte mir immer Bücher, seit er wusste ich bin eine Leseratte hochintelligent, sportlich Klassenbester trotz widriger Umstände, da die Schule und

die Bücher mein Schutz waren, konnte ich die qualvollen Jahre in Angst mit tausenden Stunden schlaflose Nächte überstehen. Ich dachte oft an Suizid damals. Aber die Bücher hielten mich am Leben. Das letzte Gespräch vergesse ich nie, es klärte mich restlos über das mörderische Dritte Reich auf und zum Abschluss sagte mein Opa auf meine Frage wie können wir damit umgehen, was können wir machen, er sagte wortwörtlich zu mir:
„Junge, man muss das begraben das niemals mehr ein Mensch da herankommt, es infiziert jeden wenn es freigesetzt wird."

Mein Opa hatte zum Glück keine Juden vergast, aber er hat mitgemacht, was hat er gemacht als Soldat, er tat was Soldaten machen, machen müssen (ohne an die Wand gestellt zu werden) mein Opa hat Menschen getötet, wie jeder Soldat dieser Welt seit es Armeen gibt.
Also nichts weltbewegendes - **uff platt datt machen Primaten nu mal** - seit 6.000 Jahren als Kain den Abel den Schädel eingeschlagen hat.

Als hört euer heuchlerisches Jammern und Kinderbildchen teilen, zeigen auf. Seit der Mensch Krieg führt, geht jeder Krieg immer zu Lasten von Frauen und Kinder.

Datt iss so
Es gibt noch keine Waffe die gezielt unter Millionen Fliegen nur eine Fliege eliminieren kann.

Auch Oberst Klein begann einen Massenmord - seine Drohne (wie Obamas Drohnen) tötet 100 Zivilisten in Afghanen. Sorry, ich habe vergessen wenn USA tötet, kleine Mädchen mit Napalm übergießt, foltert oder in Saudi-Arabien Homosexuelle geköpft werden sind das gute westliche Werte mit denen man gerne Geschäfte macht - daran kann und will und werde ich mich nicht gewöhnen., geschweige tolerieren.

Mein Nazi Opa schwor mich ein in unserem letzten Gespräch, ich war 14 Jahre, was 6 Wochen dauerte, Junge fasse niemals eine Waffe an und urteile erst wenn du alles gesehen hast. Jetzt bekommen die Mörder und Vergewaltiger nach 1945 mein Urteil nach 71 Jahren Ihr seid nun einmal Scheiße - e*s ist euer angeblich politisch korrekter Sprachgebrauch, den ich in diesem Satz nutz*e - und ihr bleibt Scheiße oder rot-grüner Blutdurchfall in Berlin.

Mein Opa war ein guter Mann, da er wusste das ich gerne lese, besorgte er mir in über 10 Jahren die wichtige Weltliteratur und Opas Auftrag habe ich ausgeführt alles gelesen Nietzsche sogar schon mit 12 Jahren.
Mein Urteil zu Berlin

Im sexuellem Regenbogen sind Berliner ein menschlich gewordene Bonobos die nur an Sex, Drogen und Alkohol denken und handeln, auf arbeiten haben sie nicht wirklich Lust aber bei Partys und Sexorgien sind sie voll dabei.

Kapitel 1

Berliner Luft

Wer nicht grün wählt ist ein Nazi, die kleine Weltsicht der öffentlich-rechtlich medialen Hetze, die ausgedehnt wird auf delegitimierte des Staates, also auf Jedermann der das neue faschistische grüne Regime kritisiert, auf Klimakritiker, die gehängt werden sollen, Querdenker fallen unter dem Plakat „Nazis" töten Ungeimpfte ins Gas Hammerbande Linda E. linksextremistische Lynchjustiz

1. Januar 2019 Frage an Nicole Diekmann: Wer ist denn für Sie ein Nazi?
Nicole von ZDF, Tagesschau, ARD macht Werbung für die teilweise radikale kommunistische Partei.

Jede/r, der/die nicht die Grünen wählt. - Quellennachweis Anhang am Ende des Buch **(1)**

Berlin hat absolut nichts aus der Geschichte in seiner dummdreisten Arroganz, im neuen Berliner Größenwahn als deutsche Europäer die Welt zu beherrschen, ist lediglich braune Brut nur in bunt, neu aufgelegt analog zu Margot Käßmanns Kirchentag der Lutheraner der seinen Judenhass verbreitete und Adolf Hitler erst dazu animierte Juden zu vergasen. Ich bin Ungeimpfter Ungläubiger und ob Islamismus oder Lutheraner, jede Religion geht mir am

sprichwörtlichen Arsch vorbei ohne Toleranzgefühle. Auch die Kirchen missbrauchen kleine Kinder.
um 9.30 Uhr berichtet die Katholische Nachrichten Agentur (kna)

> Die evangelische Theologin Margot Käßmann hat die familienpolitischen Positionen der AfD scharf kritisiert. Die entsprechenden Passagen im AfD-Grundsatzprogramm erinnerten sie an den „so genannten kleinen Arierparagraphen der Nationalsozialisten: zwei deutsche Eltern, vier deutsche Großeltern“, sagte Käßmann laut vorab veröffentlichtem Redemanuskript am Donnerstagmorgen in Berlin.

(2) Margot Käßmanns Großeltern
(3) Luthers Judenhass

Der Judenhass kam nicht von Hitler, der Judenhass ist in Deutschland verankert bei Christen, Sozialisten und Kommunisten.

Berlin die Welthauptstadt der Hundehaufen

Ich kam nach Berlin und rutschte aus, oh Graus, nicht auf einer Bananenschale, Nein es war ein Hundehaufen. Diesem begegnete ich jeden Tag, zu jeder Uhrzeit und an jeder Ecke, auf jedem Bürgersteig, tja sogar in den U-Bahnhöfen. Berliner Luft in Dosen, nein, Berlin ist eine Dose. Ich möchte nicht wissen was in diesen Dosen ist.

Begehrt bei Touristen die aus aller Welt nach Berlin kommen. Ich hoffe nicht, das der Hundekot darin entsorgt wird. Was eigentlich nicht sein kann, denn ich beobachtete mehrere Hundehaufen. Die wochenlang immer am selben Ort lagen und je nach Witterung hart wurden oder weich bei Regen blieben.

Viele Berliner gehen sehr geschickt um diese Haufen herum, was mir als Zugereister fast unmöglich erschien. Denn Übung im Slalomlauf hatte ich nicht. So sorgsam, liebevoll und bedacht wie Heimische die Hundehaufen umrundeten kam bei mir der Eindruck auf, die Berliner lieben Ihren Hundekot. Auch sind sie sorgsam darauf bedacht das immer Haufen zu sehen sind und erneuert werden. Das hat Kultur wenn man die Haufen mit der Zeit betrachtet und das hat auch künstlerischen Charakter.

Kein Haufen gleicht dem Anderen. Form und Farbe unterscheiden sich von gut angehäuft, mehr rund oder spitz gezogen, manchmal abgeflacht sind sie klein wie groß zu finden.
Farblich von hellbraun, beige bis dunkelbraun glänzend. Auch die Konsistenz ist unterschiedlich von weich bis hart. Am Härtesten sind sie im Winter wenn Frost ist. Dann kleben sie hart am Boden und wenn man nicht aufpasst, kann man, wenn man darüber stolpert, hinfallen.

Was besser ist kann ich nicht beurteilen, rein treten oder darüber stolpern. Die Stadtreinigung versagt bei der fortlaufen liebevollen Erneuerung der Hundehaufen von Berliner Hundehaltern. Es ist ein Irrtum zu glauben Berliner lieben Ihre Stadt, sie lieben ihre Hunde und Hundehaufen. Die immer wieder an strategischen Punkten hingelegt werden, auf dem Bürgersteig oder in Ecken geschützt wo kein Regen hinkommt, der Gestank aber bleibt sowie die Rein Tritt und Ausrutsch Gefahr. Ich denke das Geheimnis der Berliner Luft ist der Gestank an dem man sich erst gewöhnen muss.

Nach 10 Jahren in Berlin ist es mir gelungen die Hundehaufen als künstlerischen Aspekt zu betrachten. Auf Grund der Vielfalt und Formen sowie farblicher Gestaltung. Ich bin zu der Überzeugung gekommen Berlin wäre nicht Berlin gäbe es nicht hunderttausende von Hundehaufen jeden Tag in der Stadt, die wie ein Pinselstrich auf der Leinwand am Boden verbleiben für die Nachwelt oder Passanten. Entsorgt werden sie selten, meist breitgetreten oder vom Regen weg gewaschen.
Das liebe Leser hat Kultur von Multikulturalität, denn es sind alle Hunderassen vertreten. Was wäre Berlin wohl ohne Hunde, denke recht farblos und steril. Besucher die Berlin sehen wollen, kommen nicht wegen den Hundehaufen liebe Leser, sondern nur wegen den

Hundehaltern aus der Vergangenheit sowie der jetzigen Zeit um zu sehen was hinterlassen wurde oder wird. So ist das mit Hunden und Geschichte beides hinterlässt was. Manchmal ist der Gestank kaum zu ertragen und das Markenzeichen „Berliner Luft“ nur eine unlautere Werbung oder ein parfümierter Furz eines Hundehalters in der Welthauptstadt der Hunde, der Tempel der Hundehaufen.

Aus Gedichte und Kurzgeschichten @Arts Laurin

Ich kann Niemanden ändern, ich will Niemanden ändern, jeder Versuch wäre von Haus aus sinnlos und zwecklos. Ich habe der ganzen Menschheit als Kind einen riesigen Weihnachtsmann gewünscht um Frieden zu finden. Im Laufe meines Lebens jedoch festgestellt, es bringt nichts. Menschen schlagen sich gegenseitig weiter tot, es sind Totschläger die ihre eigenen Kinder missbrauchen und das immer wieder. Es ist ein höllischer Kreislauf von Missbrauch und Gewalt.

Wie Wasserscheiden wo in allen Himmelsrichtungen die Welt regelmäßig mit Blut geflutet wird oder im letzten Jahrhundert, nach Ende des Zweiten Weltkrieges im letzten Jahrhundert wurden Kinder in Napalm gebadet wurden von der USA. **(4)**

Gewalt ist ein nie endender Kreislauf, wie atmen, Wasserkreislauf, CO2 Kreislauf, Klima Kreisläufe, Windkreisläufe, der Kreislauf von Leben und Tod. Antifaschismus und Faschismus ist Gewalt die auf zwei Richtungen kommt womit Menschen terrorisiert werden

Meine ehrenamtlich Tätigkeiten über 40 Jahre in vielen sozialen Einrichtungen, in unregelmäßigen Abständen, maximal nur 1 Tag die Woche, habe ich 2012 eingestellt.

Berlin ist ein Sinnbild für die Viehställe des Augias, diese zu säubern und vom Gestank befreien ist unmöglich und jeder Mensch wäre und ist damit überfordert. Berlin ist das perfekteste Sodom der Menschheitsgeschichte mit einem König, der sich Dildo King nennt.

„Die Ordnung und Regelmäßigkeit an den Erscheinungen, die wir Natur nennen, bringen wir selbst hinein, und würden sie auch nicht darin finden können, hätten wir sie nicht, oder die Natur unseres Gemüts ursprünglich hineingelegt.“ *Kritik der reinen Vernunft* für die Aufklärung in Deutschland erstmals konstruktivistische Überlegungen, die in seinem Konzept "das Ding an sich" münden Immanuel Kant Werke, A, Bd.IV, S.125)

Ich lebe jetzt 22 Jahre in Berlin, mein Fazit:
Diese Stadt ist dreckig stinkt nach Urin, Kot und anderen Sekreten, die Stadt ist vermüllt, voller Bettler morgens wenn man aus dem Haus geht grüßen die Ratten aus den Mülltonen. Gefühlt ist die Stadt voller Soziopathen, Säufern, Vergewaltigern, Terroristen, Totschlägern, Drogensüchtigen und Psychopathen, die Stadt hat was von Irrenanstalt. Vielleicht fliegt ganz Berlin längst über ein Kuckucksnest und wir merken es nicht einmal.

Die Denkmal „Regenbogen“ Berliner sind im Grunde nur Fußabtreter und Schuhputzer der mörderischen Geschichte Berlins im Land der Denker und Dichter.

Ich bin kein Friedensaktivist, ich lebe mit mir selbst in Frieden, ohne esoterisch zu sein nach zwei Weltkrieg, Vietnamkrieg, Kosovo, Irak, Syrien und Afghanistan Krieg. Mein Fazit, bis auf wenige Ausnahmen, für alle Regenwürmer bei Sonnenschein nach einem Sommergewitter bunten Bogen in Berlin leben. Es sind Menschen die vom Hass durchgebacken sind im Hochofen der Lust, der Gier nach Erfüllungen von hohlen Hülsen im Bildungsmangel eines erodierenden göttlichen Systems in altrömischer Dekadenz - die „Strafe der Venus oder die ansteigende Syphilis in Berlin? 100.000 Homo Sapiens, die größte Gefahr für das Ökosystem und sich selber!

Corona ist, mit den Forderungen Ungeimpfte in Gas nur eine Hass Station in Berlin, die Syphilis bleibt und steigt. Berlin ist nun einmal mit allen Konsequenzen Sexy, auch exzellent in Hass und Hetze wie, „politisch korrekt“ zum Beispiel, Klimaleugner hängen, nicht mehr lebende Nazis töten, Polizisten auf den Müll entsorgen. Die Liste vom guten Hass ist ellenlang und würde den Rahmen meines Buches sprengen, inklusive Hakenkreuz die sich Grüne selber malen um Deutsche und AfD zu diffamieren um Deutschfeindlichkeit zu schüren.

Es sind offensichtlich politisch grün verblendete Kosovo Krieg, Afghanistan Taliban Monster, die am Abgrund leben und es immer noch nicht begriffen haben, kein Krieg bringt auf Dauer Frieden, er erzeugt nur Waffenstillstände, die fälschlicherweise Frieden genannt werden. Im Sockel der Denkmäler bleibt der Hass erhalten

Katharina Schulz ein Paradebeispiel dafür wie man korrekt grinsend seine Verachtung zeigt und Bürger in Deutschland aufhetzt. Praktiken die schon im Dritten Reich angesagt waren. Jede Zeit hat eine oder mehrere Minderheiten die „entsorgt“ werden müssen. Die Methoden sind genau definiert, der Drehmoment der Hetze ist sehr fein und zielsicher eingestellt.
Beim Schulze-Video handelt es sich um Aussagen, die sie

im Dezember 2021 im bayerischen Landtag traf. In forschem Ton sowie mit einem breiten Grinsen auf dem Gesicht wetterte sie: "Und deswegen sagen wir Grüne, braucht es jetzt Folgendes: Erstens eine Verschärfung der Kontaktbeschränkungen der ungeimpften Erwachsenen. Zweitens wollen wir, dass der Handel endlich für Ungeimpfte geschlossen wird [...] **(5)**

Der gegenseitige Hass wird bei gegebener Gelegenheit immer wieder ausbrechen. Was Berliner in ihrem Durst, Streben nach Weltmacht oder einfach nur aus Rache, Ruf nach Vernichtung oder nach menschlichem Blut nicht begreifen, Faschismus und Antifaschismus sind sozialistische, eineiige Zwillingsbrüder im Geiste der mörderischen Gewalt gegen Menschen.

Ohne Millionenfache Morde unter Hitler, Stalin Mao und Mauerschützen spüren Menschen sich nicht mehr. Erst der Tod Vernichtung anderer Menschen „wertet" das „WIR" auf, als die alle Welt dominierende „Welthauptstadt" und dem Streben nach grenzenloser Macht eines kleinen illustren Kreises, im Kreise ihrer Anbeter, die im Glauben sind, was außerhalb dieser Stadt liegt sind Tölpel, Trampel unterprivilegierte Menschen denen man sich bedienen kann. Fast alle Berliner die ich traf in all den Jahren glauben tatsächlich nur sie sind der Mittelpunkt der

europäischen Welt. Kaum ist Deutschland wieder vereint, wird Europa wie unter Hitler von Deutschen dominiert und man marschiert verbündet mit ukrainischen Faschisten erneut gegen Russland und welch Größenwahn auch noch gegen China und bestimmt was Menschen essen dürfen und wer leben darf und sterben muss. Klimagegner werden gehängt und Ungeimpfte vergast, die Plakate der letzten Jahren zeigen deutlich faschistische Züge, die auch das III. Reich prägten.
Ich könnte nicht töten, denn dann würde ich mich töten. Ich könnte kein Kind missbrauchen, denn ich wurde missbraucht. Der Schluss der reinen Vernunft.

Ehrlich mir ist es nach 72 Jahre scheißegal ob Berliner sich gegenseitig die Köpfe zertrümmern, abstechen, vergewaltigen oder ihre eigenen Kinder missbraucht, ob ideologisch oder sexuell ist mir scheißegal geworden. Aber nur bei Kindern anderer Eltern, außerhalb des politischen Etablissement ist es mir nicht egal. Auf Kindesmissbrauch gehört die Todesstrafe rustikal alttestamentarisch, da bin ich dann bei Bedarf strenggläubig. Keines der von grünen missbrauchtes Kind kam je zu Wort und die Grünen sind Weltmeister der Täuschung. Der Berlin selbst verschweigt den Missbrauch der ein schlechtes Bild über eine von vielen Pädophilen und Päderasten besiedelte grüne Regenbogenstadt.

Ich kann die Primaten nicht ändern, ich will sie nicht ändern, jeder Versuch wäre sinnlos und zwecklos.
Ich habe als Kind der Menschheit einen riesigen Weihnachtsmann gewünscht, im Laufe meines Lebens jedoch festgestellt, es bringt nichts. Menschen schlagen Menschen wegen diverser Dinge gegenseitig weiter tot. Ein menschlicher Haufen von Mörder, Vergewaltiger und Totschläger die ihre eigenen Kinder missbrauchen und das immer wieder. Selbst wenn es vorbei scheint, fängt es wieder an.

Der Menschheit sein Gewaltkreislauf mit Wasserscheiden nach allen Himmelsrichtungen, so wird die Welt mit Blut begossen oder Napalm überschüttet. Gewalt ist ein nie endender Kreislauf, wie Wasserkreislauf, CO2 Kreislauf, Klima Kreisläufe, Windkreisläufe …

Meine ehrenamtlich Tätigkeiten über 50 Jahre in vielen sozialen Einrichtungen, in unregelmäßigen Abständen, maximal nur 1 Tag die Woche, habe ich 2012 eingestellt. Berlin sind die grünen Viehställe des Augias, aus der griechischen Antike, diese zu säubern und vom Gestank befreien, das schafft kein Mensch, kein Gott. Berlin ist das perfekteste Sodom. Bester Gestank - „Etikett“ Berliner Duft (Scheiße in Dosen) - der Menschheitsgeschichte mit einem König, der sich Dildo King nennt.

„Die Ordnung und Regelmäßigkeit an den Erscheinungen, die wir Natur nennen, bringen wir selbst hinein, und würden sie auch nicht darin finden können, hätten wir sie nicht, oder die Natur unseres Gemüts ursprünglich hineingelegt.“ *Kritik der reinen Vernunft* für die Aufklärung in Deutschland erstmals konstruktivistische Überlegungen, die in seinem Konzept "das Ding an sich" münden Immanuel Kant Werke, A, Bd.IV, S.125)

Denkt sie mal in politisch „korrekter“ Weltsicht der Moralisten Denkmäler, Heuchler, Empörungsfanatiker. Kick- und Betroffenseinautomaten.

Woher kommen die Grünen, was ist ihre politische Agenda, was wollen sie?
Der Deutschland Hass der Grünen hat Tradition im Geist der 68er Generation, wo Hans Christian Ströbele im Nachhinein offen zugibt, was die Grünen wollten und immer noch wollen, mittlerweile sogar praktizieren in allen vier Punkten dabei sind zu realisieren
1. Revolution einleiten (ging allerdings mit RAF und Tupamaros voll daneben
2. parlamentarische Demokratie abschaffen (ist fast vollendet)
3. Ein politisches „Sowjet Stile System“ einführen (Kommunismus in seiner mörderischen Gulag Ausprägung mit Massenhinrichtungen

4. andere „Gesellschaftsordnung“ einführen

Quelle **(6)**

Passen die Grünen überhaupt noch in die Zeit? Die Taktik der Claudia Roth, Sandra Maischberger entlarvt sie. Und was sagt sie zur inneren Sicherheit, dem zentralen Thema des Bundestagswahlkampfs? Maischberger überlässt es Heinz Buschkowsky (SPD), die Grünen-Politikerin zu dieser Frage zu „grillen“. Der ehemalige Bürgermeister von Berlin-Neukölln gilt als einer der schärfsten Kritiker der sogenannten Multikulti-Gesellschaft. Die Masche „Piep piep piep, wir haben uns alle lieb“ **(7)**

Anmerkung von Laurin„

das typisch deutsche, steht dem politisch arabischen gegenüber. Menschen die Halsschlagader mit Schwert oder Messer durchtrennen und arabischen Judenhass aus Nahost in Berlin ausleben sind laut rot-grünen Apologeten herzlich willkommen. Wie immer waren es die Rechten, ein gängiges Narrativ was vor 10 Jahren massiv verstärkt wurde. Meine Mutter, auch wenn ich sie hasste, hatte coole Sprüche drauf, in diesen Fall „ andere Länder andere Sitten“ obwohl ich nicht von Sittenverfall reden kann, es sind die Gewohnheiten die Menschen unwiederbringlich trennen in der Sure 5 Vers Sure 9 Vers 5 und Vers 29 auch Schwertverse genannt, hier wird der Köpf vom Körper getrennt, ein schlichte aber fundamentale kulturelle für mich schlechte Angewohnheit.

Hier zitiere ich gerne Konfuzius - Von Natur aus sind die Menschen fast gleich; erst die Gewohnheiten entfernen sie voneinander. Oder die grüne pädophile Ideologie und der anale Kindesmissbrauch, schlechte Angewohnheit, die ich nicht teile" als missbrauchtes Kind.

Spinner und Blödmänner" - so beschreibt es einer, er dabei war. „Am Ende tanzten sie. Es war der Abend des 10. Juni 1979, ein Sonntag" **(8)**

Ein Kaleidoskop der 68er kiffenden kommunistischen Hippie Generation „make love not war" usw. brüllten die grünen Urväter der heutigen Kosovo Krieger und Grünen Bandera Ukraine Fangemeinde von damals, die in Ihren Kommunen Sex and Drugs and Rock`n Roll lebten, in Berlin zusätzlich untermauert von Hồ Chí Minh Gebrüll.

Viele unzufriedene Jugendliche in der Westlichen Welt standen auf, auch ich wäre fast mit 15 Jahren (geb. 1953) auf diese rot-grünen Mao & Co. Bullterrier hereingefallen. Es sind Relikte aus der 68er rot-faschistischen Zeit der radikalen Kommunisten, Stalinisten, Maoisten und Grünbolden an den linken Universitäten Deutschlands.

In Berlin der 68er kamen Flüchtlinge aus Westdeutschland an, ewige Studenten, kiffende Randalierer, macht kaputt was euch kaputt macht oder 3x Hồ Chí Minh fehlerfrei aufsagen und man bekam an einer Berliner Universität sofort ein Diplom in Soziologie oder politischen Wissenschaften nach seiner Wahl.
Das grüne Berliner Bildungssystem ist und bleibt ein Katastrophe, marodiert auch im Grünbold Parlament an deutschen linken Universitäten – Die Freiheit der Wissenschaft wurde niedergeknüppelt mit der APO Tunix grünen Revolution.

Viele Grüne von damals haben nicht einmal studiert oder und die Mensa nur betreten weil sie Hunger hatten, mit dem Vermerk ich war auf der Universität. Ab den 80er Jahren hagelte es Plagiatseingaben die, wie wir wissen aus den letzten Jahren bis hoch in den Bundestag auffliegen. Oder getürkte Lebensläufe ala Bärböckli im grünen Röckli barfuß am weißen Sandstrand, die mit Habeck tolle Friseuren haben zu Lasten deutscher Steuerzahler
Weiterführende Lektüre zu den Grünen

Rote Wölfe im Grünen Schafpelz

Vorwort: es war einmal..." 7 Die Zerstörung der alten Werte 10 - Ideologie-Gift und neue Weltordnung 11 - Grüne Moral 14 - Grünes Weltbild 15 - Sozialistische Umverteilung … Verharmloste Alt-Achtundsechziger 17 - Schlüsselfigur Fischer 17 - Die Mord-Pistole in Fischers

(9)

Manchmal stelle ich mir selber die Frage in der rasanten Rückenentwicklung zum Kommunismus und Antifaschismus wo das noch enden soll.

Vorab, die Grünen sind nicht grün es ist Berliner Tinke, rote westdeutsche teilweise radikale Kommunisten mit Sonnenblumen Täuschung, ein segeln unter falscher Flagge, bis wie im Islamismus, grüne unter dem Doktrin „Die Demokratie ist nur der Zug auf dem sie aufspringen, bis sie am Ziel ihrer unter anderem auch pädophilen

Träume und wünsche sind. Grüne sind Heuchler tief in ihren moralischen Abgrund sind sie Kommunisten und bleiben Kommunisten, wenn ich den Märchenonkel mit Rotkäppchen sehe denke ich an die RAF an APO, an Steinewerfer, Brandstifter und Polizistenmörder an den heutigen Antifa Terror. An die kommunistischen Bewegungen und an den radikalen Erlass, den roten Terror in Deutschland zu verhindern

Es war eine sehr radikale, Gewalt 68er Terrorblase die sich in Berlin bildete. KBW Kommunisten, die wie ein hier nicht genannter Ministerpräsident als grüner Oberlehrer mit der kommunistischen Volkszeitung, erschreckt nicht wie „völkisch" durchs Ländle lief und im Basedowschen Reflex bellten und sabberten dann alle Grünbolde wenn sie, ihrer Ansicht nach einen nicht

richtig denkende Menschen begegneten, der nicht von Drogen, Sex und Ideologie berauscht, bekifft oder verblendet und verblödet ist.

Ein unermüdliches Nazis Raus Staccato in politischer „Korrektheit", was Maschinengewehr artig abgefeuert wird. Schon damals flogen Steine und Brandsätze bis hin zum Judenknax, Tunis Ur-Grüne Berliner Kloake wo sich die RAF Fangemeinde vereint im Taz Gezwitscher und sich in ihrem Hass auf die Gesellschaft suhlte. Diese 68er Generation waren die Urväter diverser antifaschistischen Terrororganisation heute noch oder neu existierenden

Gruppierungen und oft wie im Falle Hans Christian Ströbele auch Mittäter - ging es doch gegen den verhassten Staat.und die verhasste Polizei.
Viele Linke und APO „Grünbolde“an den linken Universitäten vereinten sich in ihrem eigenen Universum im Äther einer Cannabis Wolke um den leeren Raum zwischen den Ohren zu füllen. Besonders Berlin war die Heimat frei drehende RAF linke Tupamaros Radikale die unsere Gesellschaft terrorisierten unter dem Motto: *„macht kaputt was euch kaputt macht“* und alles vernichten wollten, was ihnen im Weg war und in ihrer psychotischen Anfällen erneut Bomber über Dresden „fliegen sehen wollen, nach Julia Ulrike Schramm “Bomber Harris Feuer frei“ … die Nationalhymne aller rot-grünen Usurpatoren **(10)**

Herr Gott wie menschlich rachsüchtig die Grünen und Linken doch sind, mal kurz Babys, Kinder Frauen Opas und Omas in der Feuersbrunst verbrennen und dann ist da noch der Sex mit Kindern in „Hexenhammer Moral“ der politischen Korrektheit, erinnert mich an den Hexenhammer Malleus maleficarum, nachdem Christen im 30 Jährigen Krieg sich gegenseitig die Köpfe einschlugen- Woher kommt die grün-rote Gesinnungsliebe und der pathologische Hass der kommunistischen Antifa Brandstifter die unendliche Liebe für Feuer, Bomben und Mord, wo im Bundestag Frau Renate Künast tatsächlich fordert, die Steinewerfer und Brandstifter aus Steuergelder zu finanzieren.

In Neukölln grölte die bei SPD, Linken und Grünen beliebte Antifa, Gib dem Bullen, was er braucht: 9 Millimeter in den Bauch." **(11)**

Künasts Aussage im Bundestag Renate Künast gibt finanzielle Förderung der Antifa zu und verlangt sogar mehr davon. **(12)**

Kapitel 2
Die pädophile Pornogesellschaft

Die unsympathische Seite der Grünen

Die grünen Erben der 68er-Bewegung, die das Koordinatenkreuz dieser Gesellschaft mit ihren permanenten "Kulturrevolutionen" (in dem sogenannten roten Jahrzehnt von 1967 bis 1977) erfolgreich und nachhaltig zerstört hat, ziehen diese Gesellschaft mit ihrer stimmenmäßig vergleichsweise klein erscheinenden grünen Partei und deren notorischer Minderheiten-Politik seit dreißig Jahren am Nasenring durch die öffentliche Arena. BETTINA RÖHL Die grüne pädophile Kröte **(13)**

In seinem Buch „Der große Basar“ (1975) schrieb Cohn-Bendit über seine Zeit im Frankfurter Kinderladen:

„Es ist mir mehrmals passiert, dass einige Kinder meinen Hosenlatz geöffnet und angefangen haben, mich zu streicheln. Ich habe je nach den Umständen unterschiedlich reagiert, aber ihr Wunsch stellte mich vor Probleme.
Cohn-Bendit hatte sich im Herbst 1968 mit Andreas Baader und Gudrun Ensslin solidarisiert, als die beiden späteren RAF-Mitbegründer wegen der Kaufhaus-Brandstiftungen in Frankfurt am Main verurteilt wurden. Auf dem Bild aus dem Jahr 1974 sitzt Cohn-Bendit bei

einer Pressekonferenz neben dem Baader-Meinhof-Anwalt Klaus Croissant Der große Basar" (1975) von Cohn-Bendit **(14)**

Generation Porno, durch Internet und Handy sind Sexfilme jederzeit verfügbar, auch für Jugendliche. Zärtlichkeit und Respekt werden darin nicht gelehrt. **(15)**

Incubus & Succubus

Die Indigo Kinder **(16)**

Die Dissoziation der libidinösen von der reproduktiven Sphäre schreitet voran in der Fertilitätsmedizin bis hin zum Cloning. Wenn SIGUSCH weiterhin von der Dispersion der sexuellen Partikel spricht, diagnostiziert er Tendenzen der Kommerzialisierung und Mediatisierung der Sexualität, z.B. im Internet.

Anmerkung
Freien Zugang zu Kinderpornos für Alle Menschenkinder im Bus, Im Kindergarten Dildos für Kinder, das Pornoheft als Comic für Kinder ab 2 Jahren gibt es für 80 Euro von der Bundeszentrale für sexuelle Gesundheit. Pornoanleitung für Sex zwischen Erwachsenen und Kleinkinder Helmut Kentler fickt immer noch kleine Jungs. Die grüne Ideologie will jetzt suggerieren Kinderb brauchen schon ab Geburt Sex, so werden dann alle Pädophilen und Päderasten beglückt.

Der Kindesmissbrauch ideologisch wie sexuelle geht weiter. Kind wir Sex- und Pornoobjekt. Ich habe mit vielen missbrauchten Kindern im Laufe meiner Therapien gesprochen, auch ich bin eins. Wer behauptet Kinder brauchen Sex ist ein Monster,, wenn ich an den alten Schwanz denke, muss ich fast 70 Jahre später noch kotzen und auf Fäkalien Sex mit Darm auslecken, Kot vom Penis lecken und ein, zwei Fäuste in den Anus stecken, anpissen Urin trinken, Fesselspiele, "Doggy Stile" Spiele darauf stehe keiner von uns Kinder, auch nicht darauf eine Pferdepenis Attrappe bis zum Anschlag hinten rein zu stecken. Das als sexuelle Artenvielfalt verkaufen ist eine Frechheit – es ist Hard Core Pornographie

Das moderne Selbstbewusstsein des Europäers führte nicht nur zur rücksichtslosen Unterwerfung der inneren und äußeren Natur, sondern auch anderer Kulturen und Völker. Die Entthronung des von Vernunft gekrönten Subjekts ist Bestandteil des philosophischen Programms der Postmoderne, die nach Jacques DERRIDA (2000, 2003, 2004) als Dekonstruktion bezeichnet wird. u.a auch Entwertung der Familie **(17)**

Pädophile Allianzen

Die Pädophilenbewegung im Windschatten der Homosexuellenbewegung

Die Anfänge der Pädophilenbewegung sind eng verknüpft mit den Anfängen der Homosexuellenbewegung in den 1970er Jahren in Deutschland, aber auch in Ländern wie den Niederlanden, USA und Kanada. 1980 schrieb der Pädagoge und Soziologe Joachim S. Hohmann: Es „hat die kontinuierliche und kämpferische Arbeit homosexueller Aktionsgruppen und ihrer Fürsprecher (...) der Pädophilenbewegung den Weg bereitet.“

Aktionsbündnisse

In den 1970er Jahren war es ein gemeinsames Anliegen der Homosexuellen- und der Pädophilenbewegung, den Strafrechts-paragraphen 175, der homosexuelle Handlungen zwischen Erwachsenen und Minderjährigen unter Strafe stellte, komplett zu streichen. „Die Auseinandersetzung in der Schwulenbewegung um die richtige politische Strategie zur Abschaffung des § 175 lässt sich nicht von der Pädophilie-Debatte trennen. Bis in die 1980er Jahre herrschte in den Schwulengruppen ein weitgehender Konsens darüber, dass man neben der Entkriminalisierung schwuler Sexualität auch die Straffreiheit ’einvernehmlicher’ Sexualität zwischen Erwachsenen und Jugendlichen bzw. Kindern fordern sollte.“ Ziel war die Abschaffung jeglichen Schutzalters für Kinder, Mädchen und Jungen. **(18)**

Kindesmissbrauch der Grünen Gutmenschen unterm Regenbogen - Forscher: So kämpften Grüne jahrelang für freien Kinder-Sex **(19)**

Man gönnt sich als grüner Gutmensch ja sonst nichts außer mit Freude zusehen wenn es brennt oder mitmachen bei Kindesmissbrauch um dann auf längst tote Nazis zu schimpfen. Russen und Ukrainer foltern sich in diesem unsägliche Krieg gegenseitig. Die faschistische Feindbild Sichtweise der Grünen ist nahezu identisch mit der Sichtweise der Nazis und die damalige wie heutige Hetze gegen Russen. Die genauso wie Hitler die Hitlerjugend oder SED die FDJ ihre kiffende radikale Jugend auf die Menschheit loslassen

Es waren und sind sozialistisch-antifaschistisch vom Kommunismus geprägte Kinder, die verwirrte und orientierungslos ihr persönliches Himmelreich, mit mörderischer Gewalt im Drogenrausch oder Alkohol suchen. Ich war anfänglich dabei, es liefen Tausende u.a. auch mit der Mao Bibel durch Westdeutschland, Frankfurt, Hamburg und Berlin.

Hinzu kommt die grüne tiefentladene Entspannung im Darm und deren Ursprung aus der USA. Ich stieg aus.

Zum damaligen Zeitpunkt war nach amerikanischen Alice Day Vorbild der Sex mit kleinen Kinder das Himmelreich im Westen und des sich intellektuell gebenden Establishment (Neu Geistigen Revolutionäre) vertraten mit Volker Beck den Kindersex, in der mittlerweile „freien Pornogesellschaft“ in Deutschland. Dabei war die sexuelle Aufklärung mit Bravo (eine Zeitschrift für Jugendliche) und Dr. Sommer oder mit Beate Use längst abgeschlossen.

Mittlerweile gibt es Lehrstühle für Genderforschung-, ein gelobtes Unterfangen, das die höchsten Tugenden der Wissenschaftlichkeit und der sozialen Gerechtigkeit verkörpern soll. Im Darm des Kindes versteckt versteht sich. Ein Sammelsurium aus Ideologie, Dogma und, seien wir ehrlich, akademischem Selbstbetrug. Die in Köln (wen wundert es) sitzende Bundeszentrale für sexuelle Gesundheit des Kindes geht nur über Analverkehr, Dildospiele und Analplug Ballspiele.

Sprechen wir jetzt und hier in diesem Buch über die intellektuelle Ehrlichkeit eines unseriösen sozialen Experiments, das von den Grünen mit aller Vehemenz bis heute verteidigt wird. Hommage an Helmut Kentler

„Ich heiße Helmut und wie geht deine Hose auf", war der Spruch in den damaligen Schwulen Hochburgen Köln und Berlin, ein Korrelat zu New Yorker und Los Angeles Homosexuellen und Lesben unterm pädophilen US Regenbogen der NAMBLA Päderasten aus dem Jahr 1978. Die Regenbogenfahne ist keine Deutsche Fahne und wurde abgekupfert. Es ist grundsätzlich eine reine Fahne der pädophilen US Gesellschaft auch Michael Jackson ging mit kleinen Jungs ins Bett

Pädophilie und Kindesmissbrauch
Kinseys pädophile und pansexuelle Daten - ein Einblick
Der folgende Aufsatz ist ein längerer Abschnitt aus dem Forschungsbericht von Judith A. Reisman „Crafting

Bi/Homosexual Youth“, in dem sie sich mit verschiedenen Aspekten der Sexualisierung des Lebens von Jugendlichen befasst. Unter anderem setzt sie sich mit dem Problem der Päderastie und der Pädophilie auseinander. Reismans Forschungen über Alfred Kinsey (1894-1956) sind als Bücher erschienen: Kinsey, Sex and Fraud – The Indoctrination of a People (1990), Kinsey Crimes and Consequences (1998, 2000). **(20)**

„World Peace Flag“ von 1913 des Weltfriedenskongresses
James William van Kirk, ein Geistlicher aus Youngstown (Ohio), entwarf 1913 eine „Friedensflagge“ mit Regenbogenstreifen, Sternen und einem Globus. Mit dieser Flagge unternahm er zwei Friedensreisen durch Europa. Der Weltfriedenskongress übernahm diese Flagge als „Flagge des Weltfriedens“

1978 beauftragte Harvey Milk, der erste offen schwule Politiker (Demokrat) der USA, den Künstler und Aktivisten Gilbert Baker, ein neues Zeichen für die queere Community zu designen. Bis dahin verwendete die Community teils ein pinkes Dreieck – das Symbol, mit dem die Nationalsozialisten im Dritten Reich homosexuelle Männer gekennzeichnet hatten. Baker dagegen sollte nun ein positives, fröhliches Symbol schaffen.

Bakers Fahne erlangte schnell Bekanntheit: Im November 1978 wurde Harvey Milk von einem frustrierten

Lokalpolitiker erschossen. Bei einem Protestmarsch im Folgejahr wehte überall die bunte Flagge. Danach entwickelte sie sich zum weltweiten Symbol der LGBTQI+ -Community und wird besonders zum Christopher Street Day (CSD) geschwenkt.

Regenbogen ist nicht gleich Regenbogen. Bereits 1961 wurde in Italien die ebenfalls bunte Anti-Kriegs-Flagge entworfen. Im Unterschied zur Regenbogenfahne trägt sie den Schriftzug "Pace" ("Friede"). Außerdem ist hier der oberste Streifen Violett und der unterste Rot – bei der LGBTQIA+ -Flagge ist es genau andersherum. **(21)**

Das jedoch ist nur die halbe Wahrheit und die grüne Google Guter Mensch Wahrheit
Als Hippie = angesag‘, auch Acidhead, flower child oder im deutschsprachigen Raum Blumenkind bezeichnet man ein Mitglied der in den 1960er Jahren in den USA entstandenen großen gegenkulturellen Jugendbewegung,

für die unter anderem Naturverbundenheit, Konsumkritik sowie der Bruch mit den damals gängigen Lebens- und Moralvorstellungen im Sinne einer friedlicheren und humaneren Welt zentral war.

Die Hippiebewegung fand ihren gesellschaftspolitischen Höhepunkt in der Friedensbewegung gegen den Vietnamkrieg und prägte dabei das Motto Make love, not war („Macht Liebe, nicht Krieg“). Später ging sie in den alternativen Bewegungen sowie einer Vielzahl von neuen Subkulturen und Szenen auf, u. a. der Goa- und der Punk-Szene. Sie hatte einen großen Einfluss auf das Denken und Handeln der heutigen Welt, so beförderte sie bedeutend die Sexuelle Gruppensex Revolution, den Umweltschutz, Antirassismus sowie die allgemeine Auflösung der damals gängigen autoritären Machtstrukturen in Familie und Gesellschaft. Auch mit ihrem Stil beeinflusste die Hippie-Bewegung stark alle Aspekte der Mainstream-Kultur, darunter Mode, Film und Musik. **(22)**

Soweit, so gut, es war auch eine Schwule Pädophile Bewegung der Päderasten, die den Sex mit kleinen Kindern in der USA einforderte - unterm Regenbogen, mit Unterstützung vieler US-Schauspieler*innen und den Homosexuellen New Yorker Demokraten. Auch die Homosexualität, zu der Ginsberg sich früh bekannte, sein politisch linkes bis anarchistisches Engagement sowie Zen, Yoga und bewusstseinsverändernde Drogen wirkten auf sein Schaffen.

Anmerkung:
Darum war er bei Homosexuellen Berlinern kommunistischen grünen Tunix Anarchisten sehr beliebt, bzw. Antifaschismus schwule Berliner (und Lesbians) bei klein Kevin zuhause, einem Call Center Agent mit einer

blauen und roten Socke mit dem Vorschlag heute ist ein guter Tag in eine antifaschistische Partei einzutreten.

Sein Twitter Account jetzt X existiert nicht mehr twitter.com › kuehnikev › status › 1225059533514514432 Kevin Kühnert on Twitter: "Heute ist ein guter Tag, um in eine ... Heute ist wieder mal ein guter Tag um in eine antifaschistische Partei einzutreten **(23)**

Allen Ginsberg's work to preserve the universeIm Dezember 1954 lernte Ginsberg Peter Orlovsky kennen, mit dem er bis zu seinem Tod in einer offenen Beziehung zusammenlebte. Offen heißt Gay Cruising Area vom Volkspark Prenzlauer Berg bis Los Angeles und New York, man versammelt sich hier für den ultimativen kick und Spaß.

Zu einem Eklat kam es während Ginsbergs Besuch in Prag, wohin er aus Kuba im Februar 1965 abgeschoben wurde. Ginsberg nahm dort im Mai 1965 mit seinen tschechischen Freunden am Majáles teil, einem traditionsreichen studentischen Maifest, das durch das kommunistische Regime aus politischen Gründen in der Regel jährlich verboten wurde.

Ginsberg wurde dort zum traditionellen Majáles-König gewählt. Umgehend wurde Ginsberg wegen

Alkoholismus, Narkomanie, Unruhestiftung und Propagierung der Homosexualität verhaftet und innerhalb von zwei Tagen aus der Tschechoslowakei ausgewiesen. **(24)**

By Jane Kramer August 9, 1968Allen Ginsberg's work to preserve the universe.

"You're such anexperimenter, Allen."—Louis Ginsberg to his son Allen, Paterson, New Jersey, March 18, 1967.

Then, when they were down to the last item on the agenda —determining whether the LSD enthusiast Timothy Leary,

Gary Snyder, ein rotbärtiger Zen-Mönch aus dem Bundesstaat Washington, der selbst Dichter ist, zog sich zur Meditation sofort bis auf den Ohrring in seinem linken Ohr aus und machte sich an die Arbeit, indem er mit gewalttätigen Yogi-Machenschaften seinen Brustkorb

verschob. In seiner Nähe hüpfte ein pummeliger chassidischer Buchrezensent namens Leland Meyerzove mit fest geschlossenen Augen auf und ab und wurde bald transportiert, wobei er leise in Zungen jammerte. Lenore Kandel, eine einheimische Liebespriesterin und Dichterin, begann vor einem aufmerksamen, tweedfarbenen Englischprofessor aus Berkeley, der nachdenklich an seiner Pfeife nuckelte, Bauchtanz zu tanzen, und Michael

McClure, der Dichter und Dramatiker, der in der Wohnung wohnte, schnappte nach Er nahm seine Autoharfe von einem Couchtisch und sang, sich selbst begleitend, engelhaft ein Lied mit dem Titel „komm schon, Gott, kauf mir einen Mercedes Benz **(25)**.

Zur Wahrhaftigkeit zählt auch zeitgleich mit der amerikanischen Regenbogenfahne ist ein politisch sehr wichtiger Regenbogenträger auch die North American Man/Boy Love Association
Der Nord-Amerikanische Verband für Mann/Jungenliebe (North American Man/Boy Love Association; NAMBLA) würde 1978 gegründet, inspiriert vom Erfolg einer Kampagne der Bostoner Schwulen Gemeinde, die sich nach Eigenangabe erfolgreich gegen eine lokale "Hexenjagd" zur Wehr setzte.

Aufklärung der Öffentlichkeit über die positive Natur von Mann/Jungenliebe, Kooperation mit lesbischen, schwulen, feministischen und anderen Befreiungsbewegungen, Unterstützung von Menschen aller Altersklassen bei der Befreiung von sexuellen Vorurteilen und Unterdrückung. Mitglied kann jeder werden, der mit Mann/Jungenliebe und persönlicher Freiheit sympathisiert.

NAMBLA will mehr Macht für die Jugend in allen Bereichen, nicht nur im sexuell-analem Bereich.

Wir fordern größere wirtschaftliche, politische und soziale Chancen für junge Leute und kritisieren die überhandnehmende Diskriminierung aufgrund von Alter ("ageism") , die die Jugendlichen ausgrenzt und sie in Angst und Misstrauen alleine lässt.

Wir glauben, dass sexuelle Gefühle eine positive Lebenskraft darstellen. Wir unterstützen das Recht der Jugendlichen genauso wie das der Erwachsenen zu entscheiden, mit welchem Partner sie ihren Körper teilen und genießen wollen. Alte Homosexuelle wollen mit der Begründung in kindliche Därme eindringen.
„Du willst das doch auch"

Unter den LGBT-Gruppen können nur wenige den Bekanntheitsgrad der North American Man/Boy Love Association (NAMBLA) für sich beanspruchen. NAMBLA wurde 1978 gegründet und gehört zu den umstrittensten Gruppen in der LGBT-Geschichte. Die Gruppe wurde ursprünglich von der Arbeit des Boston/Boise-Komitees inspiriert, das 1977 gegründet wurde, um eine Gruppe von Männern zu verteidigen, denen vorgeworfen wurde, einen in Massachusetts ansässigen Jungenprostitutionsring betrieben zu haben. Nachdem die Anklage gegen alle bis auf einen der Männer abgewiesen worden war, löste sich das Komitee auf und NAMBLA wurde gegründet. NAMBLA-Chapter gab es in New York City, Boston, Los Angeles, San Francisco und Toronto; Die Gesamtzahl der Mitglieder wurde nie bestätigt, es wird jedoch geschätzt, dass sie nie größer als eintausend war.

Es ist schwierig, die Politik von NAMBLA zu bestimmen, obwohl sie den meisten Berichten zufolge einvernehmliche generationsübergreifende Beziehungen zwischen Männern und Jungen im Teenageralter unterstützt und sich gegen Gesetze zum Mindestalter wendet. NAMBLA hat sich oft geweigert, ihre Politik zu definieren, teils, weil viele Mitglieder Polizeirepression fürchten, teils, weil viele Mitglieder Anarchisten sind, die sich autoritären Strukturen widersetzen,
NAMBLA plädiert für das Recht und die Fähigkeit postpubertärer Teenager, dem Sex mit Erwachsenen zuzustimmen. Andere weiten dies auf vorpubertäre Kinder aus. Und einige verteidigen, oft unter Berufung auf historische Beispiele, dass die Liebe zwischen Männern und Jungen sowohl für Männer als auch für Jungen wünschenswert ist.

Grüne Politik ist NAMBLAs Bestreben **(26)**

Politische, gesellschaftliche und intellektuelle Ehrlichkeit. Wo ist sie hin? Es ist erstaunlich wenig Raum für echte, ergebnisoffene Diskussionen. Unter Heiko Maas Netz DG und alten Stasi Methoden, wurde die Meinungsfreiheit in Deutschland regelrecht kastriert – es gilt nur noch linke Einheitsmeinung, alles andere ist Nazi. Jeder Dissens wird als Häresie verunglimpft, jede abweichende Meinung als

Angriff auf die Menschlichkeit selbst betrachtet. Der Gedanke, dass solche Zensur als akademische Freiheit verkleidet wird, ist eine Farce.

Wie viele wirkliche Talente verschwenden ihre Energie in diesem sexuellen Morast in „Wir Kinder vom Bahnhof Zoo“ oder „Junge Flüchtlinge als Stricher im Tiergarten von Berlin“ aus politischem Kindersex Aktivismus, der als Wissenschaft getarnt ist?

Wie viele drängende Fragen bleiben unbeantwortet, weil die Mittel in diese Sackgasse der akademischen Welt fließen? Es ist nicht nur eine Verschwendung; es ist ein Verbrechen gegen den intellektuellen Fortschritt. Und dann gibt es die sogenannten "Ergebnisse" dieser Forschung. Eine unendliche Serie von Studien, die in der Regel wenig mehr tun, als bereits etablierte Ansichten innerhalb dieser abgeschlossenen Gemeinschaft zu bestätigen. Die linke Filter und Stasi Folterblase, das Gegenstück der „angeblich„extremen Rechten. Laut neuer Kriminalstatistik werden Deutsche häufiger zu Opfern von Zuwanderern als andersherum. Nein! Doch! Oh! – Lagen womöglich die »bösen Rechten« wieder mal richtig?!
(„,)

Kinderehe, Dildos, Plugs und Sex mit Kindern wird „in“ Wo ist der Wert? Wo ist der Nutzen für die Gesellschaft? Wie der Rauch eines fehlgezündeten Feuerwerks verschwindet die Vernunft in der Bedeutungslosigkeit.

Natürlich Rin, ich schreibe versaute Geschichten in einem Bus voller Kinder."

Rin war etwas erleichtert über seinen Sarkasmus.

"Rin?"

"Ja."

"Ich bin immer noch hungrig."

"Gott, du hörst dich an wie ein Fünfjähriger, jetzt warte einfach noch ein paar Minuten!"

"Ich bin Haru und nicht Gott." schmollte Haru. Er mochte es nicht mit einem kleinen Kind verglichen zu werden.

Er verstrichen Minuten in denen keiner von ihnen etwas sagte und Haru blickte aus dem Fenster auf die sich ständig veränderte Landschaft. Er war schön mal neues zu sehen.

Der Wert der Bedeutungslosigkeit von pearliegrimm
(27) Zwei Deppen im Bus.

Es ist an der Zeit, die Selbstzufriedenheit in den Elfenbeintürmen dieser akademischen Disziplin mit der scharfen Klinge der Kritik zu durchtrennen. Es ist Zeit für eine Rückkehr zur wissenschaftlichen Integrität, nicht zur

Flächendeckenden und erzwungener Homosexualität unter der Prämisse es gibt keine Jungs mehr - der Mensch befruchtet sich selber, eingeschlechtig nach seiner Wahl Penislänge und staatlich geförderten Raubzügen auf kleine Jungs (und Babys Kinderhandel) in einem vom Berliner . .Senat geförderten Experiment oder der Kinderhandel der SED in der DDR, der Missbrauch in Torgau und der missbrauch in Kirchen.

Also zurück zur echten Forschung und zur sinnvollen Anwendung von Ressourcen. Und vor allem ist es Zeit, aufzuhören, die Öffentlichkeit für dumm zu verkaufen.

WHO ICD-10 Auflistung **(28)**
der pathologische (krankhafte) Zustand in der rot-grünen (Kinder) Pornogesellschaft und den grünen Forderungen in seinen Störungen wie folgt gelistet:
F52.-
Sexuelle Funktionsstörungen, nicht verursacht durch eine organische Störung oder Krankheit
F65.-
Störungen der Sexualpräferenz
Inkl.:
Paraphilie
F65.0
Fetischismus
Info:
Gebrauch toter Objekte als Stimuli für die sexuelle Erregung und Befriedigung. Viele Fetische stellen eine

Erweiterung des menschlichen Körpers dar, z.B. Kleidungsstücke oder Schuhwerk. Andere gebräuchliche Beispiele sind Gegenstände aus Gummi, Plastik oder Leder. Die Fetischobjekte haben individuell wechselnde Bedeutung. In einigen Fällen dienen sie lediglich der

.

Verstärkung der auf üblichem Wege erreichten sexuellen Erregung (z.B. wenn der Partner ein bestimmtes Kleidungsstück tragen soll).

F65.1

Fetischistischer Transvestitismus

Info:

Zur Erreichung sexueller Erregung wird Kleidung des anderen Geschlechts getragen; damit wird der Anschein erweckt, dass es sich um eine Person des anderen Geschlechts handelt. Fetischistischer Transvestitismus unterscheidet sich vom transsexuellen Transvestitismus durch die deutliche Kopplung an sexuelle Erregung und das starke Verlangen, die Kleidung nach dem eingetretenen Orgasmus und dem Nachlassen der sexuellen Erregung abzulegen. Er kann als eine frühere Phase in der Entwicklung eines Transsexualismus auftreten.

Inkl.:

Transvestitischer Fetischismus

F65.2

Exhibitionismus

Info:
Die wiederkehrende oder anhaltende Neigung, die eigenen Genitalien vor meist gegengeschlechtlichen Fremden in der Öffentlichkeit zu entblößen, ohne zu einem näheren Kontakt aufzufordern oder diesen zu wünschen. Meist wird das Zeigen von sexueller Erregung begleitet und im Allgemeinen kommt es zu nachfolgender Masturbation.

F65.3
Voyeurismus
Info:
Wiederkehrender oder anhaltender Drang, anderen Menschen bei sexuellen Aktivitäten oder intimen Tätigkeiten, z.B. Entkleiden, zuzusehen ohne Wissen der beobachteten Person. Zumeist führt dies beim Beobachtenden zu sexueller Erregung und Masturbation.

F65.4
Pädophilie
Info:
Sexuelle Präferenz für Kinder, Jungen oder Mädchen oder Kinder beiderlei Geschlechts, die sich meist in der Vorpubertät oder in einem frühen Stadium der Pubertät befinden.

F65.5
Sadomasochismus
Info:
Es werden sexuelle Aktivitäten mit Zufügung von

Schmerzen, Erniedrigung oder Fesseln bevorzugt. Wenn die betroffene Person diese Art der Stimulation erleidet, handelt es sich um Masochismus; wenn sie sie jemand anderem zufügt, um Sadismus. Oft empfindet die betroffene Person sowohl bei masochistischen als auch sadistischen Aktivitäten sexuelle Erregung.

Inkl.:
Masochismus
Sadismus
F65.6
Multiple Störungen der Sexualpräferenz
Info:
In manchen Fällen bestehen bei einer Person mehrere abnorme sexuelle Präferenzen, ohne dass eine im Vordergrund steht. Die häufigste Kombination ist Fetischismus, Transvestitismus und Sadomasochismus.

F65.8
Sonstige Störungen der Sexualpräferenz
Info:
Hier sind eine Vielzahl anderer sexueller Präferenzen und Aktivitäten zu klassifizieren wie obszöne Telefonanrufe, Pressen des eigenen Körpers an andere Menschen zur sexuellen Stimulation in Menschenansammlungen, sexuelle Handlungen an Tieren, Strangulieren und Nutzung der Anoxie zur Steigerung der sexuellen Erregung.

Inkl.:
Frotteurismus
Nekrophilie
F65.9
Störung der Sexualpräferenz, nicht näher bezeichnet
Inkl.:
Sexuelle Deviation o.n.A.

Irrig ist die Annahme, Sexualität sei im Prinzip bei allen Menschen (oder zumindest bei allen Männern bzw. allen Frauen) mit der Geburt festgelegt und naturgegeben Gleiches. Die Sexualwissenschaft hat gezeigt, dass die menschliche Sexualität sehr unterschiedlich ist, so dass von Sexualitäten gesprochen werden kann, die auf drei Fundamenten ruhen:

- einem biologisch-genetischen, das schon bei unserer Geburt festgelegt ist
- einem sozialen, das durch die Regeln unserer Gesellschaft geformt wird
- einem individuell-psychischen, welches lebensgeschichtlich geprägt ist. **(29)**

Die Sex Ideologie weicht erheblich vom sexuellen Normalverhalten (was die Mehrheit macht) in den „diversen" Sex Praktiken gegenüber der absoluten Mehrheit aller Bürger Deutschlands ab. Es ist eine Frechheit, dass eine Minderheit, alle Bürger anal bedienen will und die Gesellschaft zu homosexuellen sadomasochistischen Handlungen und anderem Natursekt, Kaviar Spiele, Fessel Spiele, Fisting (Doppelfaust und Riesenplugs) Kindersex, Anus lecken, Urinale Pissing Spiele. Daraus einen Stammbaum der Arten zu entwickeln spottet jeder Beschreibung. Der Sex und darum ging es in New York 1978 ist auf jeder Pornoseite im Internet zu finden, nicht Arts sondern Sex Kategorie **(30)**

Kapitel 3
Der Schuld Kult

Grüne Cannabis Pilze haben was kindliches an sich, Mami macht das CO2 weg, dann kann ich endlich wieder Eis in San Francisco aus dem Plastikbecher schlürfen oder aus dem bayrischen Wald mit Begeisterung für ukrainische Bandera Nationalisten behaupten, Sozialleistungen gelten in den Migrationswissenschaften nicht als Pull Effekt.
Es gibt nur eine einzige Studie, die diesen Zusammenhang nahelegt. Diese wird aber von zahlreichen Wissenschaftlichern als methodisch unsauber kritisiert.

Migration ist die Bewegung von Menschen von einem Ort zum anderen, um sich an einem neuen Ort niederzulassen.

Die Migration kann freiwillig oder unfreiwillig sein und aus einer Vielzahl von Gründen erfolgen, unter anderem aus wirtschaftlichen, ökologischen und sozialen Motiven.

Gründe für die Migration: Push- und Pull-Faktoren
Bei der Frage nach Migrationsursachen wird zwischen Push- und Pull-Faktoren unterschieden. Unter „Push-Faktoren“ versteht man Gründe, aufgrund derer Menschen ein Land verlassen. Attraktive Bedingungen eines Aufnahmelandes, die zu Immigration anreizen, bezeichnet man als „Pull-Faktoren". Man unterscheidet drei Kategorien wichtiger Push- und Pull-Faktoren.

Soziopolitische Faktoren - Demografische und wirtschaftliche Faktoren -
Umweltfaktoren **(31)** Europäisches Parlament
Push- und Pull-Faktoren

Präsident Roosevelt: "Dem gesamten deutschen Volk muss eingehämmert werden, dass die Nation an der gesetzlosen Verschwörung gegen die Gesittung der modernen Welt beteiligt war." **(32)**

Die Schläge dieses "Hammers" wirken bis heute nach und wurden "politisch korrekt" zum rot-grünen Baerbock-Faeser Kult mit der Schuld.

Die Nazi Raus Hetze gegen Jedermann rund um die Uhr von Presse, Medien SPD und Grünen und etablierten Politiker nimmt erschreckende Formen an, den europäischen, diktatorischen Faschismus zu leben.

In der Realpolitik gibt es vier Methoden, um große Ziele zu erreichen. Die erste heißt Gewalt: Invasion, Eroberung, Besatzung, Nötigung.

Die 2023 beschworene Brandmauer gegen "Rechts" wird nach und nach die Grundlage für neue Mauerschützen. Vordergründig um weitere staatliche Gewalt gegen politische Gegner zu produzieren und das in einer freiheitlichen Demokratie.

Polizeigewalt und Demoverbote gegen überwiegend absolut friedliche Bürger, die sich in Berlin versammeln und zu Recht gegen die desolate Asyl-, Bildungs-, Familien-, Gesellschafts-, Wirtschafts-, Kriegs-, und einheitliche DDR Ampelpolitik demonstrieren, wo grüne Hetze physische Gewalt gegen politische
Gegner generiert, bzw. züchten Volksverhetzung betreiben, der sich gegen weiße Menschen richtet - "woken" – New Rassismus 2023 zum Beispiel gegen AfD, AfD Wähler, Denker, gesunde Ungeimpfte, Kritiker und Menschen die nicht Einheitsmeinung willig sind oder folgsam stramm stehend mit bunten Fähnchen - ala Mao Stalin, Nordkorea, DDR und Drittes Reich

Die Gesellschaft wurde durch kommunistischen grünen Hass auf Deutschland rettungslos gespalten

Judenhass Demos der Palästinenser und linken Antisemiten, die öffentlich den Tod aller Juden und Vernichtung Israel fordern werden in Deutschland ausdrücklich erlaubt - wegen der Meinungsfreiheit, wird Hasspropaganda in Berlin legalisiert.

Ein Nutzer auf X postet: Es herrschen Zustände im Land.. Clans bekämpfen sich in Städten, Menschen werden verletzt oder getötet, so manches Freibad wird zur „dangerous zone„, es wird immer schlimmer. Und die soziale Innenministerin macht.. …was eigentlich ? Messerverbot im Bus.. jetzt sind alle sicher......

Eine Dystopie ist eine meist in der Zukunft spielende Erzählung, in der eine erschreckende oder nicht wünschenswerte Gesellschaftsordnung dargestellt wird.

Deshalb wird eine derartige Fiktion auch Antiutopie, selten auch Kakotopie oder Mätopie genannt. Dystopia ein Gegenbild zur positiven Utopie beziehungsweise der Eutopie, die Thomas Morus mit seinem Roman Utopia geprägt hat.
Häufig wollen die Autoren dystopischer Geschichten mit Hilfe eines pessimistischen Zukunftsbildes auf bedenkliche gesellschaftliche Entwicklungen der Gegenwart aufmerksam machen und vor deren Folgen

warnen. De optimo rei publicae statu deque nova insula Utopia („Ein wahrhaft goldenes Büchlein, nicht minder heilsam als unterhaltsam, Von der besten Verfassung des Staates und von der neuen Insel Utopia“) – ist ein von Thomas Morus (1478–1535) in lateinischer Sprache verfasster philosophischer Dialog, der Anfang des 16. Jahrhunderts zunächst in Belgien erschien. Der Londoner Bürger und Undersheriff, spätere Speaker und Lordkanzler stellt darin die Schilderung einer fernen idealen Gesellschaft vor und gab damit den Anstoß zum Genre der Sozialutopie. Thomas Morus hatte dem Traum von der Rückkehr ins Paradies den Namen Utopia gegeben und damit den Glauben des Fortschritts in eine bessere Zukunft beflügelt. Er hielt das früheste überlieferte Plädoyer für die parlamentarische Redefreiheit und die freie Gewissensentscheidung. **(33)**

Solcher Fortschrittsglaube speiste auch die aufklärerischen Gesellschaftsutopien des 18., die wissenschaftsgetriebenen Utopien des 19. und die technisch getriebenen futuristischen Utopien des 20. Jahrhunderts. Sozialistische und kommunistische Utopien behandeln bevorzugt das Ende der Ausbeutung und die Umverteilung von Gütern zugunsten der wirtschaftlich Schwächeren („von oben nach unten“), oft bei gleichzeitiger Abschaffung des Geldes („jedem nach seinen Bedürfnissen“).

Teils entwickeln sie Vorstellungen, die ökonomisch bestimmte Lohnarbeit abzuschaffen (siehe Paul Lafargue, „Das Recht auf Faulheit“ **(34)**

Die Bürger gehen nur noch solchen Arbeiten nach, die ihrer Selbstverwirklichung entsprechen. Es bleibt ihnen viel Zeit, die Künste und Wissenschaften zu pflegen (s. Auch utopischer Sozialismus)**. (35)**
Die Humanistische Psychologie entwickelte utopische Ideale ausgehend von menschlichen Bedürfnissen. Angeborene Grundbedürfnisse seien an sich gut. Ihr Ausdruck könne jedoch durch Angst blockiert sein, gute Impulse von der Kultur verzerrt werden. So entstehe Böses aus etwas Gutem. Indem ein gesellschaftliches Umfeld geschaffen werde, das dies verhindere, werde eine gute Gesellschaft möglich, eine Gemeinschaft psychologisch gesunder Menschen, der Abraham Maslow den Namen Eupsychia gab.

Nach Ende des Kalten Krieges und dem Zusammenbruch der sozialistischen Staatenwelt verbreiteten sich neoliberale Ideologien, die bereits vor der Weltwirtschaftskrise der 1930er Jahre von Friedrich Hayek und Ludwig Mises vorgedacht worden waren.
In diesen Ideologien wird das Konzept einer Gesellschaft so weit aufgegeben, dass keine eigenständige, von der

Wirtschaft getrennte Sphäre einer Gesellschaft mehr erkennbar ist. Die Gesellschaft wird gleichsam vom Markt aufgesogen. Der Kern des Marktes wird im Mechanismus der Preise gesehen, auch wenn unklar ist, ob dieser Mechanismus in der Realität tatsächlich funktioniert oder ob er prinzipielle Mängel aufweist. Werde der Markt nicht behindert, sei die neoliberale Utopie vollkommen realisiert; dann herrsche nicht mehr die Politik, die dem Markt nun mehr gehorchen müsse; die Konsumenten seien der eigentliche Souverän. „Markt“ und „Sozialismus“ werden stereotyp einander gegenübergestellt.

Das Forum gegen Antisemitismus beobachtet von Jerusalem aus Judenhass in aller Welt. Fast 80 Prozent der antisemitischen Straftaten in Europa werden demnach von muslimischen Einwanderern begangen. Mit Blick auf Deutschland gibt es besondere Sorgen Bericht zum Judenhass **(36)**

"Ich fürchte die deutsche politische Korrektheit mehr als einen neuen Hitler"
Zitiert aus FOCUS Magazin | Nr. 16 (2002) Frederick Forsyth über Europa Fanatismus und Lügen in der deutschen Politik. Der Artikel wurde gelöscht, ich schrieb Focus an, diesen Artikel zu bestellen, ist jetzt ein paar Wochen her .. noch keine Antwort erhalten …

Es geht darum, das "deutsche" Establishment, eine kleine politisch, wirtschaftlich und gesellschaftlich einflussreiche Milieugruppierung oder Klasse, eine etablierte Elite, hat schon in den 50 Jahren des letzten Jahrhundert beschlossen ihr Heil in Großeuropa (statt groß deutsches Reich) zu suchen. Forsyth bezeichnete das als, alles selig machenden Glaubens der grünen Deutschen, auch wenn die Demokratie mit Füßen getreten wird, der Deutsche mehr bezahlt als alle anderen EU Mitglieder und restlos seine Souveränität verliert, alles wird schweigend hingenommen.

Forsyth bezeichnete es als Religion und Europa Wahn, den eine kleine deutsche Elite nicht aufgibt.
Am meisten Angst hatte Forsysth damals vor der deutschen politischen Korrektheit, die er mit Hitlers Praktiken im Dritten Reich fast gleichstellte.

Der Artikel war, ist von 2002 und wie wir heute im Jahr 2023 erleben marschiert Deutschland wieder gegen Russland, generiert das hitlersche Feindbild und verfolgt in Deutschland Russen, Kritiker, Andersdenkende Oppositionelle und Meinungsabweichler mit einer im Ansatz mörderischen moralischen Betroffenheit und Empörung vereint in unsachlicher, wie unsäglicher Hetze unter einer rot-grünen antifaschistischen woken Ideologie, nur Weiße sind Rassisten, Judenhasser, Messerstecher, Vergewaltiger und böse mörderische Menschen.

Das Prinzip der Erbschuld wurde verfeinert, weil es Deutsche sind.
Deutsche die sich als Europäer bezeichnen, quasi einen anderen Faschismus Traum, einen Neuen Größenwahn von Weltherrschaft leben und Menschen in weiteren Kriegen nach 1945 töten, verfolgen, diffamieren, zusammenschlagen oder Sex mit Kindern haben sind auf einmal in einer neuen Moral - „Guten"
Ironie oder Treppenwitz der Geschichte?

Ein unmoralische Angebot für Frieden und Menschlichkeit, was im Kriegswaffenhandel und Kriegswaffen Getöse aus dem Westen ertönt.

(37) Polizisten auf den Müll
Artikel aus dem l*inksextremen Schmierblatt Taz*, deren Gründer Hans Christian Ströbele war, ein verurteilter RAF Mittäter, der Spiritus Rector. Ströbele ist von 1979 bis 1982 oft in der Wattstraße und bringt mit, was in der taz rar ist: juristischen Sachverstand und unerschütterlich gute Laune. Er verteidigt taz-Redakteure gratis, die vor Gericht stehen, weil sie Polizisten in taz-Artikeln als „Bullizisten" bezeichnet haben. Müllberge, volle Aschenbecher und

Schimmel erzwingen eine praktische Lösung. Die Zeitung engagiert die Putzkolonne „Kollektiv Roter Besen“. Nein, nicht nur Ströbele ist RAF Anwalt und tief verstrickt in den kommunistischen Tunix Terror der Polizistenmörder Bande. Der Rote Terror ist nicht aus schlechtem Elternhaus und geht zurück in die Räterepublik und Weimarer Republik Blutmai 1929 in Berlin Geiselmord in München, bis Ermordung eines FDP Politikers
Ströbele tiefer in Terrorismus der 1970er Jahre verstrickt, als bisher bekannt
Der Grünen-Politiker Hans Christian Ströbele war tiefer in die Unterstützung der RAF verwickelt als bislang bekannt. Dies geht aus dem unveröffentlichten Strafurteil des Landgerichts Berlin vom 9. Juli 1982 hervor.

Das Landgericht hatte den heutigen Bundestagsabgeordneten damals wegen „Unterstützung einer kriminellen Vereinigung“ in den Jahren 1973 bis 1975 zu zehn Monaten Freiheitsstrafe – ausgesetzt zur Bewährung – verurteilt.
Für die 10. große Strafkammer des Landgericht Berlin war Ströbeles Verstrickung in die RAF ein „besonders schwerer Fall“ von Unterstützung, da die von ihm unterstützte Vereinigung darauf ausgerichtet gewesen sei, „Straftaten des Mordes und Sprengstoffdelikte zu begehen“. **(38)**

„Die gute Autorität“- Geist von 68 - Hans-Christian Ströbele ist der lebende Beweis für den Geist von 68. Ein Buch über den Mann, der eine wichtige Rolle in der taz-Geschichte spielt. UNFASSBAR **(39)**

"Ich fürchte die deutsche politische Korrektheit mehr als einen neuen Hitler"

Zitiert aus FOCUS Magazin | Nr. 16 (2002) Frederick Forsyth über Europa Fanatismus und Lügen in der deutschen Politik

Die kollektive Schuld der Deutschen am Hitler-Regime und seinen Verbrechen war nach dem Zweiten Weltkrieg Gegenstand lebhafter Debatten. Gegenwärtig ist von Kollektivschuld kaum noch die Rede

.

Mit dem Wort ist aber nicht die Idee ausgestorben. Vielmehr ist sie, ausgestattet mit einem neuen Wortschatz, heute lebendiger denn je; sie ist sogar drauf und dran, zu einer Art Staatsreligion der Bundesrepublik zu werden. Kein Volk neigt dazu wie das deutsche, sich vor sich selbst zu schämen. Komplexbeladen und mental verbogen im Zeichen der so genannten „Political Correctness“ erleben wir eine Gesellschaft, die sich selbst erniedrigt, um allen gerecht zu werden. Wen mag es da noch wundern, wenn eine Saat aufzugehen beginnt, die in das krasse Gegenteil wuchern wird.

Was vielfach übersehen wird:
Der Kult mit der Schuld birgt auch ein höchst destruktives Potenzial, ja es schwebt die modernisierte Kollektivschuld-These wie eine radioaktive Wolke über allen Bereichen des öffentlichen Lebens und kontaminiert langsam, aber sicher nicht nur Politik und Kultur, sondern auch unsere Demokratie- und Moralbegriffe. Und in gewissen linken und politisch korrekten Kreisen offenbaren sich dem Psychologen klassische Selbsthass-Symptome. Das vorliegende materialreiche Buch dokumentiert nüchtern und politisch unterhaltsam zugleich die Geburt einer neuen Erbsünde.
Heinz Nawratil hat mit seinem Buch "Der Kult mit der Schuld - Geschichte im Unterbewusstsein" ein heißes und wichtiges Thema ausgewählt.
Kollektivschuld steht natürlich im Gegensatz zu den herrschenden Rechtsprinzipien der meisten Staaten. Jeder Bürger weiß, dass Schuld individuell nachgewiesen werden muss und davor die Unschuldsvermutung gilt. Der individuelle Schuldnachweis gilt uns als Ausweis zivilisierten Umgangs und kultuteller Entwicklung.
zivilisierten Umgangs und kultureller Entwicklung.

Der Kult mit der Schuld

Bedingung Nummer drei lautet, dass die Mächtigen aus dem Amt entfernt werden können, wenn sie dem Volk missfallen. Auch das wäre in Brüssel undenkbar.

Aus diesen Gründen ist die EU-Regierung keine Demokratie. Sie war von Monnet nie als eine geplant, sie war niemals eine, und es besteht nicht die geringste Absicht, dass sie einmal eine werden soll. Vielmehr erklärte jüngst Kommissionspräsident Barroso, es sei seine Aufgabe, ein neues europäisches „Empire" zu schaffen.

Wir Briten kennen uns mit Weltreichen gut aus. Die größeren Einheiten sind selbst verwaltete „Dominions", die kleineren Kolonien. Die juristische Oberhoheit obliegt in jedem Fall der Hauptstadt des Empires.

Das entscheidende Wort heißt „juristisch". Das Gesetz regiert. Wer die Gesetze und die Währung kontrolliert, beherrscht das Land. Eine sogenannte Nation, die von einer fremden Bank oder einem fremden Gericht überstimmt werden kann, mag sich noch so sehr in Pose werfen, sie ist kein souveräner Staat mehr und wird keiner werden, solange sie nicht die Kontrolle über diese beiden Bereiche zurückerlangt.
Wenn das zutrifft, dann frage ich mich, warum unsere Regierungen so beflissen niederknien und eine staatliche Aufgabe nach der anderen abgeben. Und das heimlich

hinter verschlossenen Türen durch Dokumente, die so schwer verständlich sind, dass man nicht erwarten kann, dass das Volk sie liest.
Der Grund ist folgender: Die Brüsseler Herrschaftsmethode hat sich wie eine giftige, aber betörende Pestilenz ausgebreitet und unsere Regierungen infiziert. Die Versuchung zu herrschen, ohne dafür permanent zur Rechenschaft gezogen zu werden, ist überwältigend. In London haben alle drei großen Parteien versprochen, über die Verträge von Lissabon – die europäische Verfassung, die zuvor sowohl die Franzosen als auch die Niederländer abgelehnt hatten – abstimmen zu lassen. Dann brachen sie ihr Wort und verweigerten, was sie zugesagt hatten.

Den Deutschen dagegen wurde in den vergangenen 30 Jahren stets dieselbe Lektion erteilt. Es sei ihre heilige Pflicht, den europäischen Traum und das Ziel vom Einheitsstaat mit offenen Armen und permanenter Selbstaufgabe zu akzeptieren – als Wiedergutmachung für jene elenden Jahre von 1933 bis 1945.
In diesem Jahr feiern die Briten den Sieg, den ihre Spitfires und Hurricanes vor 70 Jahren über dem Ärmelkanal errungen haben. Aber das ist pure Nostalgie. Jede Nation erinnert sich gern an ihre Glanzzeit. Dahinter verbirgt sich ein ganz anderes Gefühl.

Es gibt keine Abneigung gegen Deutschland oder die Deutschen. Ein paar Dinosaurier denken vielleicht immer noch so, der allgemeinen Haltung entspricht es nicht, seit Jahren nicht mehr. Die meisten von uns wundern sich über die endlose, den Deutschen auferlegte Verpflichtung, sich bis zum Ende ihrer Tage zu entschuldigen. Es ist seit Jahrzehnten vorbei, um Himmels willen. Es ist Zeit für Deutschland, wieder aufzustehen.

Deutschland hat seit 1950 sehr viel Gutes getan und wird dies weiter tun. Aber welches Deutschland? Ein ins Zaumzeug gespannter Ackergaul, der Tag und Nacht schuftet, um für die Faulenzer unter ihren Olivenbäumen zu bezahlen?

Oder eine stolze und anständige Nation, die auf ihrer nationalen Souveränität beharrt, die bereit ist, mit Brüssel zusammenzuarbeiten, sich aber nicht einer undemokratischen Regierung in einer belgischen Stadt unterwirft?

Wenn ich ein Deutscher wäre, hätte ich einen Traum. Die Richter in Karlsruhe änderten die Verfassung, sodass ein Bürgerentscheid möglich wäre. Einer, über dessen Zulässigkeit nicht Politiker entschieden, sondern als Recht nach Schweizer Vorbild. Und ich könnte laut und deutlich

sagen: „Ich bin Deutscher, und ich schäme mich nicht dafür. Ich möchte in einem souveränen, demokratisch regierten Staat leben. Und außerdem möchte ich mein Heimatland wiederhaben.“
Aber natürlich wird dies nicht geschehen.
Die professionellen Politiker, die weder einen richtigen Beruf ausgeübt noch jemals in der realen Welt gelebt haben, sind am Drücker und leben nach den Regeln von Jean Monnet. Aus diesem Grund hat sich in Deutschland und in Großbritannien eine tiefe Kluft aus Misstrauen und gegenseitiger Abneigung zwischen Regierenden und Regierten aufgetan. Und deshalb, Monnet und Brüssel sei Dank, stirbt auf unserem Kontinent die wahre Demokratie einen langsamen Tod.

Die Europäische Union ist keine Demokratie, findet der britische Bestsellerautor Frederick Forsysth und ruft die Deutschen zum Widerstand auf. **(40)**

Der deutsche Journalismus und die Hexenjagd auf Menschen mit anderer Meinung ist erschreckend.
Als Republikflüchtling erinnert es mich an Stasifolter, Mauerschützen und Kindesmissbrauch unter Sozialisten, Kommunisten, Antifaschisten und Stalinisten in der DDR unter der SED sehr gut. Sie sind keinen Deut besser als Adolf Hitler. Die Massenmorde von Stalin,

Mao und Khmer sind ebenso legendär. Jedoch unsere linken, bis linksetremen Journalisten in ihrer erbärmlichen Gesinnungsmoral sind genauso rassistische wie das Dritte Reich. Es werden von der Regierung und fast allen Medien jeder Meinungsabweichler verfolgt und diffamiert

Der größte Teil der Studenten wurde an der Sektion Journalistik der Universität Leipzig, dem sogenannten Roten Kloster ausgebildet. Das vierjährige Studium bereitete auf den journalistischen Einsatz bei Presse, Hörfunk und TV vor und schulte zusätzlich die Studenten als Funktionäre des Marxismus-Leninismus.
Rund 80 Prozent der Studenten waren SED-Mitglieder. Die Studenten schlossen mit dem wissenschaftlichen Grad des Diplom-Journalisten ab. Nach Auffassung von Staat und Partei waren Journalisten die Multiplikatoren der Politik der SED.

Journalismus in der DDR

Sie setzten in ihren Medien die von der Abteilung Agitation und Propaganda des ZK des SED vorgegebenen Argumentationen (Argu) systemtreu um. Nicht selten wurden sogar detaillierte Formulierungen vorgegeben.
Die SED hatte bereits auf ihrer 1. Pressekonferenz im Februar 1950 die Grundlinie der fachlich-politisch-ideologischen Journalistenausbildung festgelegt
Gemäß der Pressetheorie Lenins hatte auch die Presse der

DDR grundlegende politisch-ideologische Aufgaben: Als kollektiver Propagandist spielte sie eine wichtige Rolle bei der Verbreitung der marxistisch-leninistischen Ideologie, als kollektiver Agitator trug sie zur Umsetzung der Ideologie in der Tagespolitik bei und als kollektiver Organisator diente sie dem Ziel, die Arbeiter und Bauern oder Werktätigen zu gemeinsamen Aktionen aufzurufen und zur Mitarbeit am Aufbau des Sozialismus zu mobilisieren. Pressefreiheit im bürgerlich liberalen Sinne gehörte nicht zu den Zielen des Systems. - Journalismus in der DDR **(41)**

Journalismus im Dritten Reich

II.1 Die Gleichschaltung der Presse

Die Nationalsozialisten bedienten sich der Presse im Dritten Reich als „Mittel der Staatsführung“, um ihre politischen Ziele im Inneren und nach außen verwirklichen zu können (Wilke/Noelle-Neumann 1994: 441). Adolf Hitler hatte gegenüber der Presse von vornherein eine geringschätzige und indifferente Einstellung. Dem geschriebenen Wort maß er schon deshalb wenig Bedeutung bei, weil er selbst in erster Linie Redner war. Er betrachtete die Presse vor allem unter dem Gesichtspunkt agitatorischer Nützlichkeit als Teil seines Propaganda-Programms. Anders Joseph Goebbels, der im März 1933 Reichsminister für Volksaufklärung und Propaganda wurde. Goebbels schrieb nicht nur Tagebuch, sondern verfasste gelegentlich auch Zeitungsartikel. Ihm war es ein ernsthaftes Anliegen, dass die Presselandschaft auch über niveauvolle Publikationen verfügte. Dennoch: Auch Goebbels wollte, dass die Presse „nicht nur informieren, sondern auch instruieren“ solle. Die Presse sei „in der Hand der Regierung sozusagen ein Klavier [...], auf dem die Regierung spielen kann“, sie sei „ein ungeheuer wichtiges und bedeutsames Massenbeeinflussungsinstrument [...], dessen sich die Regierung in ihrer verantwortlichen Arbeit bedienen kann“, schrieb Goebbels „über die Aufgaben der Presse“. Dies zu erreichen betrachte er als eine seiner „Hauptaufgaben“ (in: Zeitungsverlag vom 18. März 1933, zit. nach Wulf 1983: 64 f.).

Um diesem Ziel näher zu kommen, wurden Journalisten und Verlage im Dritten Reich schrittweise gleichgeschaltet. Die Publizistik erlebte einen Funktionswandel: Die „freie Meinungsbildung“ wurde schon bald in die „Verantwortung für die Nation“ gestellt. Nicht durch offene Zensur, sondern durch die angebliche „innere Gebundenheit des Kulturschaffens in Presse, Theater und Film“. Die Zeitung wurde zum „geistigen Bindeglied und überzeugenden Ausdruck der nationalen Gemeinschaft“. Die geschichtliche Sendung sollte alles Geschehen im Volke durchwirken, und zwar nicht machtmäßig von außen, sondern „geistig“ und „seelisch“ von innen. „Pressefreiheit“ wurde unter den Nationalsozialisten zum „liberalistischen Schlagwort“, „Propaganda“ hingegen erhielt einen positiven Wert (vgl. Sösemann 1985: 201). Die Gleichschaltung der Presse

wurde durch die nationalsozialistische Presselenkung vorangetrieben. Hier ist zwischen drei Ebenen zu unterscheiden: der rechtlich-institutionellen, der ökonomischen und der inhaltlichen Ebene. **(42)**
Donnerbalken Journalismus, der rote Blutdurchfall

Anleitung zur Manipulation Framing-Theorie, man macht den Balken rechte Straftaten zum Beispiel größer (Oder weißen Schornsteinqualm grau-schwarz) um deutlich zu machen Klima Kritiker und AfD will Juden töten, die Welt mit CO2 vergasen und NSDAP Herrschaft einrichten. Der Linke Gewalt, Messerattacken, Gruppenvergewaltigungen verschwinden langsam aus der öffentlich-rechtlichen Berichterstattung, so wird die Wahrnehmung mit bunten Bildchen untermalt zum Narren gehalten – ist ein Narrativ geworden. Unter Framing verstehen Kommunikationswissenschaftler das Vorgeben eines Deutungsrahmens, zum Beispiel durch bestimmte Formulierungen oder Fragestellungen. Laut Sprachwissenschaftlerin Elisabeth Wehling, würden sich solche Deutungsrahmen aus alltäglichen Erfahrungen mit der Welt, mit Gerechtigkeitsempfinden, mit direkten Eindrücken speisen. „Framing hat mit Emotionen erst mal gar nichts zu tun, sondern mit Ideologie, mit Moralvorstellung“, .sagte Wehling im Interview mit dem Deutschlandfunk **(43)**

Vorwort Seite 7

Kapitel 1 Berliner Luft

Seite 11 **(1)**
Nicole Diekmann ARD/ZDF definiert den „Nazi"
https://twitter.com/nicolediekmann/status/1080205605497909252

Seite 12 **(2)**
Margot Käßmann gegen 9.30 Uhr
https://uebermedien.de/16231/was-margot-kaessmann-wirklich-ueber-die-afd-gesagt-hat/

Seite 12 **(3)**
Luthers Judenhass
https://www.faz.net/aktuell/politik/inland/luthers-judenhass-wird-zu-selten-thematisiert-15287981.html

Seite 15 **(4)**
Kim Phuc **a**uch Napalm Mädchen genannt von der guten westlichen Werte USA gehäutet
https://www.welt.de/geschichte/kopf-des-tages/article231649425/Kim-Phuc-Das-Napalm-Maedchen-aus-Vietnam.html

Seite 19 **(5)**
Grüne Schulze https://derstatus.at/politik/grune-hetze-gegen-ungeimpfte-schulze-fliegt-skandal-rede-tausendfach-um-die-ohren-901.html

Seite 23 **(6)** Grüner taz Gründer Spirit of 68)
https://taz.de/Stroebele-und-die-taz/!5290806/

Seite 23 **(7)** „Piep piep piep, wir haben uns alle lieb“
https://www.welt.de/vermischtes/article165701278/Die-Masche-Piep-piep-piep-wir-haben-uns-alle-lieb.html

Seite 24 **(8)** Spinner und Blödmänner
https://www.spiegel.de/fotostrecke/gruenen-gruender-1979-fotostrecke-167473.html

Seite 26 **(9)** Rote Wölfe im Grünen Schafpelz
https://www.deutsche-digitale-bibliothek.de/item/CUFSD F42Y2XJNS5GR5I5HTJUGKHXPZC6

Seite 28 **(10)** Julia Ulrike Schramm
https://de.wikipedia.org/wiki/Julia_Schramm

Seite 29 **(11)** 9mm Kugeln in den Bauch
https://philosophia-perennis.com/2020/08/03/demo-am-1-august-in-berlin-unglaublicher-hass-auf-polizei-wurde-sichtbar/

Seite 29 **(12)** Renate Künast
https://jungefreiheit.de/politik/deutschland/2020/kuenast-verlangt-dauerhafte-finanzierung-von-antifa-gruppen/

Kapitel 2 Seite 32

Die pädophile Pornogesellschaft

Seite 30 **(13)** Die grüne pädophile Kröte
https://www.wiwo.de/politik/deutschland/bettina-roehl-direkt-die-gruene-paedophile-kroete-/8264396.html

Seite 31 **(14)** Der große Basar" (1975) von Cohn-Bendit und 4 Jährige Mädchen
https://www.zvab.com/buch-suchen/titel/der-grosse-basar/autor/cohn-bendit/

Seite 31 **(15)** Generation Porno
https://www.sueddeutsche.de/leben/digitaler-sex-generation-porno-1.691126

Seite 31 **(16)** Die Indigo Kinder
https://www.grin.com/document/167200

Seite 32 **(17)** Entwertung der Familie
https://nuoflix.de/die-entwertung-der-familie-und-folgen-fuer-kinder-michael-hueter-2

Seite 33 **(18)** Pädophile Allianzen
https://www.dijg.de/paedophilie-kindesmissbrauch/normalisierung-allianzen-lobby/

Seite 33 **(19)** Grüne für freien Kinder-Sex
https://www.focus.de/politik/deutschland/erste-ergebnisse-der-paedophilie-studie-forscher-enthuellen-so-kaempften-gruene-jahrelang-fuer-freien-kinder-

sex_id_3077344.html

Seite 36 **(20)** Kinseys pädophile und pansexuelle Daten https://www.ojp.gov/ncjrs/virtual-library/abstracts/kinsey-sex-and-fraud-indoctrination-people

Seite 37 **(21)** Wie die Regenbogenfahne entstand – https://www.geo.de/wissen/regenbogenfahne--woher-kommt-das-symbol-der-lgbtqia---community--30585058.html

Seite 38 **(22)** Die grüne Hippie Kultur
Hippies https://de.wikipedia.org/wiki/Hippie

Seite 39 **(23)** Kevin allein zu Hause -Reetwet 5.12.2021
Quelle https://polit-x.de/de/documents/6618820/

Seite 40 **(24)** Ginsberg wegen Alkoholismus, Narkomanie, Unruhestiftung, Homosexuelle Propaganda ausgewiesen. https://www.ustrcr.cz/data/pdf/pamet-dejiny/pad1102/28-43.pdf

Seite 41 **(25)** *Allen Ginsberg's work to preserve the universe* Paterfamilias—I https://www.newyorker.com/magazine/1968/08/17/paterfamilias-i

Seite 43 **(26)** NAMBLA Pädophile US-NGO
Published: 2005 https://www.nambla.org/werwirsind.htm

Seite 45 **(27)** Zwei Deppen im Bus
https://www.deviantart.com/raunagil/art/Free-Kapitel-16-Der-Wert-der-Bedeutungslosigkeit-561654935

Seite 46 **(28)** WHO ICD10 pathologisches nicht der Normalität entsprechendes Sex Verhalten Störungen der Geschlechtsidentität (F 64) Sexualpräferenz (Paraphilien) (F 65) F 65.9 – andere Störungen der Sexualpräferenz

Seite 50 **(29)** Sexualwissenschaft, die drei Fundamenten
https://heilpraktiker-psychotherapie-hessen.de/heilpraktiker-lexikon/sexualstoerungen/

Seite 51 **(30)** inklusive Fäkalien Sex
1. https://ge.xhamster.desi/categories/doggy-style
2. https://ge.xhamster.desi/categories/interracial
3. https://ge.xhamster.desi/categories
4. https://www.nu-bay.com/categories/344/fisting?s=n&hl=de
5. https://www.icegay.tv/de/category/fisting
6. https://www.icegay.tv/de/category/ass-to-mouth

Kapitel 3 Seite 51
Der Schuld Kult

Seite 52 **(31)** Europäisches Parlament Pull-Faktoren https://www.europarl.europa.eu/news/de/headlines/world/20200624STO81906/was-sind-die-ursachen-von-migration

Seite 55 **(32)** Roosevelts Schuldkult https://www.buecher.de/shop/buecher/der-kult-mit-der-schuld/nawratil-heinz/products_products/detail/prod_id/10651400/

Seite 55 **(33)** Dystopie https://anthrowiki.at/Antiutopie

Seite 56 **(34)** Das Recht auf Faulheit https://de.wikipedia.org/wiki/Das_Recht_auf_Faulheit

Seite 56 **(35)** Frühsozialismus https://de.wikipedia.org/wiki/Fr%C3%BChsozialismus

Seite 57 **(36)** Judenhass der Muslime in Europa https://www.deutschlandfunk.de/bericht-zum-judenhass-israels-blick-auf-europaeischen-100.html

Seite 59 **(37)** Polizisten auf den Müll https://taz.de/Abschaffung-der-Polizei/!5689584/

Seite 60 **(38)** Grüne RAF Fan Gemeinde https://www.cicero.de/innenpolitik/hans-christian-stroebele-und-die-raf-tief-verwickelt

Seite 61 **(39)** „die gute Autorität“
https://taz.de/Stroebele-und-die-taz/!5290806/

Seite 66 **(40)** Frederick Forsyth Zeit zum aufstehen
https://www.focus.de/magazin/archiv/es-ist-zeit-fuer-deutschland-wieder-aufzustehen-debatte_id_1883768.html

Seite 68 **(41)** - Journalismus in der DDR – wie auch die Tagesschau und der grüne werbe Sender ZDF hatte, gemäß der Pressetheorie Lenins auch die Presse der DDR grundlegende politisch-ideologische Aufgaben:
https://link.springer.com/chapter/10.1007/978-3-322-80372-6_42

Die Nationalsozialisten bedienten sich der Presse im Dritten Reich als „Mittel der Staatsführung“, um ihre politischen Ziele im Inneren und nach außen verwirklichen zu können
Seite 70 **(42)** Journalismus im Dritten Reich
https://www.jaecker.com/2000/07/journalismus-im-dritten-reich/

Seite 72 (43) Donnerbalken Journalismus
https://prosark.icu/die-implantierte-schuld/donnerbalken-journaille

Die da Oben

So it`s mit Die da oben
sie zu preisen und zu loben
damit sie sich in Wonnen
können an der Sonne sonnen
Doch wie ist`s
mit Denen da unten
die in vielen Stunden
und in endlosen Runden
den Reichtum bekunden?

Um es einfach aufzustellen
muss der Waldboden erhellen
denn auf des Laubwald Dach
scheint die Sonne fast jeden Tach
So lange es nicht regnet
was den Waldboden segnet

Doch über Boden und Stamm
schaffen sich Die da oben dann
„Blätter“ an der Sonne an
die dann Glanzvoll fruchten
am Boden jedoch Alle schuften.
und die, die nach Oben streben
müssen erst einmal erleben
das ein großer Baum fällt
und den Waldboden erhellt.

Doch bis zu dieser Zeit
ist überall ein Vogel bereit
der auf Baumes Zweigen
den Hintern dann wird neigen.
etwas fallen lässt - für den Rest
die sind betroffen - Die da unten
skeptisch im Gestank versunken
Doch entstand in diesem Gestank
Der da Oben „Sonnen“ Bank.

Auszug aus prosark Gedichte und Kurzgeschichten
politisches @prosark by Laurin Arts